Die LYRIKEDITION 2000, begründet von
Heinz Ludwig Arnold, wird von Norbert Hummelt
herausgegeben

Das Buch

Der Dichter Johannes Bobrowski sagte einmal, er könne nur Naturlyrik schreiben, wenn er über einen Fahrstuhl verfüge. Diese Disposition teilen die Gedichte Jan Kuhlbrodts: Nur aus der Stadtlage heraus wird »das Land, das weite, wie es mich begleitet«, als Sehnsuchtsort in Worten fassbar. Ein idyllisches Land ist es nicht: »Durchbrochen ... von Struktur/ Und auf Brachflächen heimisch/ Ein einziges Kraut nur und hart/ wie Bahnanlagen.« Es ist das Land, von dem Volker Braun einmal sagte, es sei »in den Westen« gegangen, und ist doch ein anderes, das am Ort geblieben ist, und nur die Zeit ging über es hinweg: »In Plattenbauweise verewigt in Halden ... In unserm Vergehen wird bleiben/ Das Land wie es war.« Die Herkunft aus dem Osten der Republik und das Aushalten der stetigen Veränderung bilden das Spannungsfeld, das die Gedichte Jan Kuhlbrodts gedanklich ausschreiten. »Wagnis Warteschleife« benennt präzise die Ambivalenz zwischen der Treue zum Ort, die auch eine Treue zu Menschen ist, und der Ruhelosigkeit des Geistes, der weite Wege geht, in der Erinnerung wie in der Imagination. So bieten diese starken und geschlossenen neuen Arbeiten Kuhlbrodts ein aufbewahrendes Verzeichnis der flüchtigen Wahrnehmungen, aus denen sich unsere Leben zusammensetzen.

Der Autor

Jan Kuhlbrodt, geboren 1966 in Karl-Marx-Stadt, studierte zunächst Politische Ökonomie in Leipzig, später Philosophie und Soziologie in Frankfurt am Main und zuletzt am Deutschen Literaturinstitut Leipzig. Nach mehreren Bänden mit betrachtender Prosa erschien 2006 sein erster Gedichtband »Verzeichnis« in der Lyrikedition 2000. Für seine Essays erhielt er 2007 ein Förderstipendium der Stiftung Niedersachsen. Er ist Geschäftsführer und Redakteur der Literaturzeitschrift EDIT und Lehrbeauftragter der Universität Leipzig. Er lebt mit seiner Frau und zwei Kindern in Leipzig.

Jan Kuhlbrodt

Wagnis Warteschleife

Gedichte

LYRIK
EDITION
2000

Weitere Informationen über den Verlag und sein Programm unter:
www.lyrikedition-2000.de

Gefördert von Books on Demand, Norderstedt

Bibliografische Information der Deutschen Nationalbibliothek:
Die Deutsche Nationalbibliothek verzeichnet diese Publikation in der
Deutschen Nationalbibliografie; detaillierte bibliografische Daten
sind im Internet über http://dnb.d-nb.de abrufbar.

© 2007 Buch&media GmbH/LYRIKEDITION 2000
Umschlaggestaltung: Buch&media GmbH, München
Herstellung: Books on Demand GmbH, Norderstedt
Printed in Germany
ISBN: 978-3-86520-283-3

für
Martina Hefter

Vorwort

I

Worte ersetzen durch Zeit.
Zeit durch Worte
ersetzen.

Durch Zeitformen gehen.
Im Gepäck diese Schiffe
Die wir betrachten wie sie

Am Horizont stehn ganz
Unbeweglich und wir
Erwarten auch heute

Dass morgen die Sonne
Daneben wieder versinkt.
Und unsere Hoffnung

Sie bliebe wie wir
Sie kannten
Die Sonne.

2

Palaver mit Sahne.
Schlagobers Vater!
Schmarrn auch und Topfen.

Dass Worte nicht Tropfen.
Sie sollten zerfallen! Zu Sätzen.
Nach Gesetzen sich ballen

Und an Sinnpfählen brechen
In Wortwellen. Kaskaden:
Beruhige dich, Vater, die Flüche

Verfliegen. Am Ende Parfümduft
Monaden und Maden.
Es gibt Worte. Luftige auch und

Windige Worte. Sätze,
Die in Wortbrüchen liegen
Aus Bruchstück gefügt eine

Satzbrücke. Stein
Und es gibt
Zeit.

3

Versöhnung sogar
Schlanke Sätze und Sahne
Wo kämen wir hin ohne sie

Es ist jetzt eine Ewigkeit
Schon her dass wir in Wien
Gewesen sind. Und sahn

Den Flieder dort verblühn.

Unter Vorsatz. Vertrauen
Wir bauen doch alle

An derselben Garage. Oder
Sind die Dorischen Säulen
Dort drüben am Kiosk

Im Westend am Ende gelogen.
Fassade. Und Türen mit Motor
Bemerken uns schon von weitem.

Und wie wir über die Wiesen
Schreiten uns selber entgegen
Und verlegen zur Seite schaun

Wenn wir uns dann erkennen
Oder sind wir schon immer
Kioskbewohner gewesen

4

Vater unsere Schiffe waren vielleicht
Gar nicht vorhanden. Doch
Es gibt brauchbare

Worte. Es gibt
Zeit. Es gibt nötige
Worte. Aus

Brauchbaren Worten
Nötige Worte machen.
Und wieder erwarten

In Wien erwachen.

Das Ende der Mythen

ANFANG

Am Abend aber alles ablegen ach alles:
Mein Trost der Filter im Moment
Vergangenheit unter den Nägeln das
Jetzt ein Dreck und eine Nanosekunde

Entfernt die Abläufe und du solltest
Nicht einschlafen jetzt du solltest
Nie schlafen die Ängste im Grunde
Vergangenheitsreihen und Kommentare

Was gibt es zu fürchten Momente der Arbeit
In denen wir brauchbar schon waren und
Haben die Arme und Beine angelegt
Oder eingezogen. Wir hängen

Im Raum. Wie Tropfen ganz kleine.
Hängen wir von der Decke und zählen
Die Zeit immer nur rückwärts. Verhält
Sie sich in einer Richtung. Vom Anfang

Entgegen unsrer Erwartung. Im Fallen
Verlieren wir Form dann mein Lieber
Und die Räume werden ganz eng hier
Am Abend aber alles ablegen ach alles ...

Brache oder
Reine Betrachtung

Mein Blick getrübt von tausend
  Auf Licht versessenen Insekten. Die
    Eintagsfliegen paaren sich im Fluge
    Und am Morgen werden sie

Im Rinnstein beigemischt dem
  Straßendreck wie Schnee,
    Wie Maulbeerblüten, Laub; wie Wasser
    Liegt. Und fällt im Dämmerlicht

Bei 25 Watt klar unterm Schirm
  Die Stadt. Sie soll mein Zimmer sein
    Sie soll mir Zoll für Zoll die Häuser
    Wohnbar zeigen und die Straßen

Werden wach sein und an mir vorüberziehn.

Brache oder
Reine Berechnung

Dort wimmelt es und kann man das:
   Kultur noch nennen was in diesen
      Hügeln lebt, die Bindungen erscheinen uns
         verschiedner Ordnung und im Dämmerlicht

Fällt aus der Straßenlampe dies:
   Ein Rest, ein Schimmer der wie Gaze trennt
      Und der uns unberührt lässt und voneinander schiebt und
      Beieinander hält, so dünn und dennoch fest gewebt.

   Durchwirkt

Das Licht, wenn wir vorübergehen. Trägt
   Sieben Tropfen und sie lehrt uns trinken.
      Die Natur, die uns erscheint, wenn wir
         Hier ein für alle mal versinken. Restlos dann

Und auffahrn, als ein wilder
   Bienenschwarm. Wenn sie verfliegt
      Im Wolkenaufriss. Die Erinnerung. Und
         Biegt uns Schluchten und wir wimmeln um

   Ihr Licht.

BRACHE
PRIVATE BETRACHTUNG

Bei 25 Watt klar unterm Schirm
   Bekanntes bergen uns die Fotoalben
     Haben wir sie übers Knie gelegt
       Wir müssen uns schon sehr sehr weit

Vorbeugen um da etwas zu entdecken
   Zu unterscheiden gar und zu erkennen
     Das Medium verliert noch immer Farbe
       Und dieser Fleck und dieser Sprung

Ist festgehalten könnte so dein Kleid sein und
   Nach vielen Jahren werden im Keller wieder
     Und gründlich die Brillen geputzt und auf die Nasen-
       Wurzeln geschoben. Denn als ich ein Kind war

Die Goldruten hier hat es doch früher
   Nicht gegeben und diesen Maulbeerbaum
     Nicht doch ach die Goldruten gab es
       Schon immer und auch den Maulbeerbaum

Wir zogen die Hemden aus bei der Ernte
   Um bitte den Stoff uns nicht zu beschmutzen
     Das Zeug war so klebrig die Mütter meinten
       Ach dieses Zeug geht doch nie wieder raus.

Das Ende der Mythen

Es hat mich im Stehen erwischt
Hat mich getroffen in einem Moment
Da mir die Sache noch wenig vertraut schien
Im Licht wie die Liebe schon gar nicht geläufig.

Die Wolken waren mir Wesen gewiss
Und auch die Berge tauchten nicht
Grundlos so kurz nach der Grenze schon auf
Als hätten sie lange auf mich gewartet.

Und sie standen der Größe nach dort
Geordnet am Ende kam immer noch einer
Der sah nur die Hälfte weil er die andern
Um einen halben Kopf überragte;

Das und nicht dass die Berge
Zu Hügeln einschrumpfen und meinen
Wagemut zügeln zeigt wer am Ende
Hier (und wann immer) der Herr ist.

Das Ende der Mythen (Zwei)

… und da ich ein Kind
war nicht wusste noch glaubte
mir meine Mutter die Schmerzen im Knie
die mich vorm Sport immer befielen.

Dieser Schmerz, dachte ich
später sei freundlich auch das
war kein Weg aus meiner Lage heraus
und hinein in ein besseres Zustandekommen.

Ein Kommentar

Aus der Enge gesprochen
Die uns umfängt
Wenn dann doch jemand abnimmt

Nasal. Der Fernsprecherklang
In alten Filmen der Zeigefinger noch
Im Telefonbuch die Seiten
Drücken das Blut aus der Kuppe

… und trauern um das Ende der Mythen
   weit draußen und über zweitausend
Jahre zu spät
   aber wie

Hätte ich wissen können als Kind
   von ihnen darum
   nach ihnen
Mich richten
   können als Kind …

Und dieses Kribbeln
Wenn das Blut dann in den Finger zurückkehrt
Wie im ofenwarmen Zimmer
Nach einer Schneeballschlacht

Mensch Junge
Zieh doch die nassen Latschen aus
Mensch Junge
Du versaust mir die ganze Auslegeware

Spurenautomat

1 Die Bedingung der Möglichkeit

Schritt um Schritt die Füße
Setzt er im Rhythmus. Die Schläge
Der Turmuhr unter der Kuppel
Des Schulbaus sie wirkt noch

Groß hier im Hof
Dort unten betritt er
Meinen Gesichtskreis

Schritt um Schritt gleich diesem
Stundenschlag unserer Turmuhr
Verschwindet er wieder und wir.

2 Die Generallinie

Wir stehen ausgerichtet
  am Kreidestrich
die Spur die Aschenbahn der Größe
  nach und ich
    wie immer
an der zweiten Stelle.

(später trug ich dann
die Panzerfaust der Gruppenführer
die Pistole

Der wurde nicht vermessen!

dazwischen stand ein LMG
Bleistiftdickes Kaliber
und nur eine Übung
über 300 Meter
Ziel aufsitzend)

  das weiße
Turnhemd in der kurzen Hose
das hatte so kommen müssen
rein biologisch zu groß doch
mein Lieber nicht groß genug.

Das Licht

... in dieser Lage schon gar nicht und
war nur der Anfang das Licht in der Schule
am Abend und immer zu früh

ins Bett doch dort unter dem Kissen
lag wieder kein Buch und das Licht
brannte bereits als ich erwachte

Dichtung und Diversion

die Dämmerung? Was auch geschah
trug jenes Verzeichnis schon in sich und wir
kombinierten so jung wir auch waren
mit Elementen einer Anzahl von n-4

nicht überschaubar die Ergebnispalette
in einem sterbenden Land eine jede
Insel verhieß uns den Ausblick
auf eine andere Schutzbehauptung

Was wir den Süden nannten

Rügen (Inselexistenz)

Farben gestrichen

wir wussten doch nicht
dass sie überhaupt sein konnten
und dass sie verboten sein konnten
und wer sie uns überließ

wir kannten ja nur
dieses Blau und die Dinge
die nicht für uns bestimmt waren
schimmerten Schicht für Schicht

und weit hinter den Grenzen
lag schlicht unsre Erkenntnis
waren Worte ferne Worte auf Tüten
wir aber trugen demütig

unsre Bezeichnung in uns
und dass da ein Brett lag
neben der Landungsbrücke in Saßnitz
Fotografieren verboten und dieses Brett

mit einer Aufschrift auf Schwedisch
oder einer anderen Sprache. Auch die
wollte gelernt sein und alles
Fremde schien

   angespült und musste also
   mutwillig sein
   oder fortgespült sein
   oder

Wir legten das Brett zum Bernstein
der Jahr für Jahr größere Halden ergab.

Chemnitzer Perspektiven

Konsument vor Monument von
Argwohn geschützt stehen wir
Den Ellbogen auf einem Sockel
Gestützt bis zur Ausweiskontrolle.

Genauer. Der Rücken die Brüder
Und Schwestern in Haltung und Form
Suchend Touristen und dieser Geruch
Eine Synthese noch heute

Aus Moschus Diesel und Meerduft
Alpschnee wenn ich diese Räume
Betrete und man mir die Wohnstatt
Noch immer nur vortäuscht.

Zwangstausch. Der Eingang
Gegenüber ein ernstes Gesicht
In Stein und auch sein Gewicht
Konnte uns nicht befrein.

... DOCH AUCH GELENKT

Das vergeht und das denkt
Und das ist schon vergangen
Wie Wind ums Klanggewicht
Streicht und nachklingt
Ein Satz, ein Fortsatz ...

Nicht gesprochen, doch auch
Nicht vergessen.
Kommissbrot. Kredit
Gebraucht und im Spiegel gefangen

Als Abbild vermessen und gut nicht
Noch böse. Befunde. Bei Fieber
Die Waden in Watte.
Doch warte die Worte in Reihen

Und also wenn der
... *Tod nicht böse*
wäre, wenn er gut wäre,
der Tod? (Pazzi, Roberto)

Waghalsig, sag
Wie es ist, Mann, Elefanten und immer
Im Gleichschritt, im Längsschnitt
Gepaart in riskanter Umdrehung
Gelagert.

Gemarkung

Moder und dunkle Struktur
schwarz fast und schichtweis im Sand
das sagte man uns

will auch mineralisch sein
aber kaum Wind und die Schiffe
waren uns nicht einmal Hüllen.

Den ganzen Strand abgesucht
Ach diese Scheinwerfer nachts
halfen Gott weiß wem beim Bleiben

so unglaublich schmucklos
der Horizont wenn die Schwalben
schon weg waren also daheim.

Dichter in Erzgebirgstälern oder was wir den Süden nannten

Cocktails deren Namen wir Filmen entnahmen
die in Spanien spielten, in Chile, ein Stier
würde vollkommen anders aussehn daneben
im Dickicht die Damen die Dornen und wir

Um Atem ringend von Seite zu Seite getragen
die Welt aufgeschlagen ein Atlas mein Helm
trocknen im Heim die Erkenntnis im Rücken
im Rucksack nach Ungarn und wieder hinaus

Und wo war noch Goethe gestrandet, so glücklich

Und was wir vorgaben zu kennen und lieben
den Süden das Licht dicht hinter der Hecke
die gepflegten Rabatten und Ginkgo Kakteen
winterhart also wie Steingartengräber

Denn wir gingen von Anfang getrennt unsere Wege

ENTELECHIE

Und dass aus Tieren verrücktere Formen entstehen
Und sich die Pflanzen dort in den Kalk
Hineindrücken als wärs auch an ihnen
Zu überstehen und selbst Kalk zu werden.

Doch liegt dieses Glück nicht im Scheitern
Die Scherben zwischen den Steinen
Und wenn man sich umsieht mein Gott

Was an diesem Strand alles anwest
Und sich erhält ein Stein mein Gedächtnis
Einen Moment lang Kristall
Und an Dauer gewinnen.

Dingenskirchen

Ein Ort dem Gedächtnis
Gerade entronnen. So schaut
Auch meine Wurstverkäuferin
Ein wenig mehr, Herr ...
Und wartet auf meine Ergänzung.

Ein Name: Herr ... Dingens
Oder verschlüsselt man jeglichen Ort hier.

Zum ersten Mal hörte ich dieses Wort
Aus dem Mund von einem der
Gar nicht so hässlich mir vorkam
Wie dieses Wort: Dingenskirchen

Ich sah ihn wieder auf einer Demonstration
Spät abends in Frankfurt am Main
Es ging um die Sperrstunde und
Irgendwie auch um Jugendkultur
(Wofür sind wir nicht alles
Auf die Straße gegangen).

Er war als Sanitäter dabei.
Vorname englisch, Nachname deutsch
Und wenn die Bullen dich, sagte er, erst einmal so in die Zange
Nehmen, dann rufe nach mir. Deine Wunde, sprach er, ist meine.

Er war,
Als ich fünf Jahre später erneut von ihm hörte,
Festgenommen worden in Spanien
In sagen wir Dingenskirchen
Kurz vor der Grenze nach Frankreich
Als Unterstützer der ETA.

Wunden sammeln
Irgendwo da draußen bei ....

UEXKÜLL
(Rückkehr zur Natur oder Kultur
Folger)

Im Blick einer Fliege taucht wie ich lese
das Netz einer Spinne nicht auf
sie muss es also trotz seiner Bedeutung
auf jeden Fall übersehen

Und auch die Spinne lese ich weiter
versteht nichts von der Sehkraft der Fliege
und webt ihre Fäden elastisch genug auch
und kräftig für einen Körper

von dem sie im Grunde nichts weiß

GEGENLÄUFIG
Laternen schwimmen durch die Gassen
A. v. Droste-Hülshoff

Ich sehe mich.
    gut in der Nacht
im Spiegel das Licht

    unbewegt
    wäre da nicht dieses Wehen
    diese seltsamen Wellen im weichen Stoff
    wie ein Wort
    mit Bestimmtheit ein Hoffen
    mit gedehntem Vokal
    wie Fahnen,

angespült
in der Windschutzscheibe
das Jetzt

    eine Nanosekunde
    voraus

in der Windschutzscheibe
die Motten haben Zeit und
haben an Wirklichkeit eingebüßt

    Gräser, Gesten, Gassen
    Nachtschwärmer

zu erinnern im Schlaglicht worauf
Konzentration zu verwenden
wäre denn der Moment
den einzufrieren mein Traum ist
taut unter unserer Betrachtung

    so schnell
    wie wir hinsehen

nicht schneller jedoch
als gewöhnliches Licht

    Und es werden immer noch mehr
    Falter und Mücken
    In der Windschutzscheibe

worauf es jetzt ankommt

ERWARTUNG

die Bewegung der Finger und
die Bewegung der Zehen
dieser seltsame Ablauf.

Das Gehen an einer
kaum erkennbaren Linie
     entlang
Schritt
  für
    Schritt
Offenbar nichts
   als ein Irrtum.

Und da sind diese Parallelen oder Die Sphären der Arbeit

Eins

Und was uns zu Fremden macht Vater
dieses Eintauchen in die Sphären der Arbeit
deiner Arbeit und meiner wenn wir von hier
unsere Räume verlassen zu dir
diese lumpigen paar Kilometer diese
kurzen fünf Stunden im Zug

Und immer vorbei
an der Baumgruppe
bevor wir die Peene passieren.
Derart grau
habe ich mir als Kind den Urwald
nicht vorgestellt

Und die Bäume starben am Kot
der Kormorane die hier
auch nicht hergehören und
nach den Fischen schauen oder
sich das Gefieder trocknen und ich
warte schon kurz nach Berlin

auf diesen Anblick
im Zugfenster die Welt
in Bewegung und doch
eine Fotografie

Zwei

Und während ich mit den Kindern
ein Ratespiel spiele und mehr
und mehr den Drang
nach einer Zigarette verdränge

der Drang nach Privatheit
der Drang nach einem
abgeschlossenem Raum voller Kissen
verliere ich mit jeder Runde
die eine der Töchter gewinnt
meine Geduld und dein Bild

Jetzt krieg dich mal wieder ein
sagt meine Frau und sie schält mir
mit geübter Hand einen Apfel

DREI

Du lieferst Material und wenn du am Bahnhof
wartest die Formel für kurze Umarmung ins Leere
und wenn wir uns unterhalten im Auto
Inselwetter Aktienkurse bei laufendem Radio

Du hältst einen Zimmerschlüssel bereit
und das Pensionspersonal wird für eine Woche
lächelnd beim Frühstück am Tisch stehen
unsren Kindern das länger gewordene Haar

streicheln und sie mit Nachdruck bewundern
für ihr Vermögen zu wachsen

Vier

Was macht es so schwer einen Strich zu ziehen
zwischen den Horizonten die aufeinander liegen
ohne sich je zu berühren die Fragen
werden gefressen vom Seewind
und in der Brandungszone
wo unser Zimmer eine Portion
ordentlich Salzluft verspricht

FÜNF

Ich habe dich lange nicht Vater
husten gehört das Klima du lächelst
Hier oben ists gut
zuträglich ists mein Verständnis
Und diese Wortklauberei
die wir verlassen um Stunden am Strand
nach Steinen und Muscheln zu suchen

Sechs

Die Kinder haben sich Sand
eingepackt ein Glas im Regal
diese Erinnerung rieselt während der Topf
auf dem Herd steht wir wollen
dir nur nicht zur Last fallen die Insel
ist ja auch meine Vergangenheit nicht
diese Insel ist Farbe ist Gegen-
wart Vater und Vater
bin ich nun selbst

Die Landschaft

Nach der Kunst

In diesen Räumen
Lagen die Träume so nah
An der Oberfläche, dass
Man sie schon mit dem Nagel vom kleinen Finger
Hervorkratzen konnte, gleich

Ob man schlief oder kochte. Die Rekultivierung
Der oberen Stockwerke war
Noch weniger fortgeschritten
Als dass man uns hätte erkennen können
Papier ohne Herkunft, verwischte Stempel

Zwischen all diesen Tapeten
All diese florale Besinnung
Und an Bestimmungen reiche Drucke
Schatten und Imitate von herrschaftlicher
Beleuchtung. Wir waren verwoben in uns

Erinnerst du dich, du trugst ein Kleid
Schulterfrei und kurz über den Knien
Abgeschnitten. Du hattest
Mich eingeritten in jener Nacht
Und mich zur Besinnung gebracht.

Leuchtfeuer und
Opern
Und offene Orte.

Die Landschaft und dieser Tag
    verpackt
        zwischen zwei Umzügen
ungleich

die Zeichnung am Wagen wie Käfer wenn sie sich entfernen
verkriechen wir uns in den Pappen (Protektionsmaterial)
ausgepackt und zusammengeschoben auf dem Dachboden
wo sie ein kleines Gebirge ergeben, Papp-Pyrenäen und wir
treffen auf diese Kartons aus Übersee und die Geschenke
entfernter Verwandter auch die sind exotisch sind Dosen
mit getrockneten Früchten und liegen in Seidenpapier. So klebrig

WIE KEIN ZWEITER

Das Vergnügen vergangen zu sein und umrandet
mit Malerkrepp und einer Klebefolie genau
einer solchen wie sie Beamte benutzen

um Briefe zu schützen denen die Ränder
verschmutzt sind und wie sie die Flecken
verbergen mit Flicken. Die Flegel! Die Pappe

muss halten und muss auch mal wieder Gebirge
sein können richtige Papp-Pyrinäen oder Alpen
innen vielleicht Apenninen aber niemals Karpaten

und warten und stehen und um
uns herum und herum und herum
keiner kann uns dann sehen.

Ein Neues

1

Das bleiben Wollen
   fühlen zu wollen
     mein Wille ist jetzt aktiv
und dieser Satz auf dem Spiegel

in meinen Atem
   geschrieben.

Fangen sie heute ein neues
Leben an.

2

Wie wir das Fremde doch
mit Beschlag belegen um uns
darin einzuschreiben und
als andere wiederzufinden,
uns wiederzufinden und wieder
herauszufinden aus uns

wieder herausfinden, der Mief hier,
es treiben nach Jahren immer
größere Flocken über die Dielen.
Die immer so rostbraun gestrichen
Waren das Schuhcremefarben?

Und das Fenster dort drüben?
Steht schon seit Monaten offen.

3

Und all diese Poster
mit Reißnägeln befestigt
die Spuren im Gästebett
die windschiefen Bilder.

Man hätte sie
entfernen sollen bevor
sie entstehen konnten.
Die Spuren
  Der Fluchtweg
    Nach innen.

4

Fangen Sie heute
  ein neues Leben an

Ein Blick vom Balkon genügt
ein Satz mit Rasierschaum
geschrieben oder mit Lippenstift.

In die Fläche
Getrieben kaum das er sich
Doppelt. Auf so dünnem Glas.

Mensch!
Was hier alles rumliegt.
Und: Nur so, zum Spaß.

5

ganz nah noch am Spiegel wirst du
eins mit dem Bild
    und der Luft
die du aushauchst beim Sprechen.

  Auch die Augen.
  heute ein neues
  Blick-Kombinat
Und was gibts da zu sehn.

Inzwischen mein Bart voller
  Leben.

ZU SCHILDERN

kaum anzunehmen, dass wir uns selbst
auf dieser Ebene vor Zeiten
begegnet sein könnten und uns

nicht einmal ausweichen konnten
aber ausweisen wollten
und blieben wie wir

waren zumal und wir sind
stehen geblieben neben mannshohen
Hecken und unter Schirmen

kaum zu durchdringen
das Dschungelpanorama ganz fein
auf die Scheiben gemalt.

doch diese Isolation
die uns einholt kam nicht
wie gerufen war illegal war

ein Igelimpuls dieses Streben
nach Unversehrtheit in Grenzen
war Warten unter Blättern.

Implosion und Implantation

I

Eine Leere ersetzen durch eine
Struktur eine imaginäre
Und Berge versetzen: ist wenn auch

Bedeutsam so etwas wie
Eine Ich-Legende man kann
Auch Silikonidentität sagen

Und man weiß
wie
das ist die
  Zensur
eben nur
    wie ein Wort

und es ist wie wir
in all seinen Formen,
Facetten ein Amalgam.

Ein Filmzitat oder Filzimitat
der Hut sitzt ihm keck. Das Primat?
dieser Art allerdings nur. Aus Styropor.

2

Und ich glaube, mein Lieber, nicht mehr
auch das nur ein Satz auch das nur in sich
unterschieden ich glaube nicht mehr an

die Differenz,
   die Differenz.
      Gott, die Differenz

nach der Person, und treibe
vertreibe, verbleibe und bleibe
gleich in der Zeit, wie Grammatik

und vor mir noch immer
und hinter meiner Geschlechts
Reife, die erste Person,

die ich sehe
singulär und maskulin
ein Fall für den Spiegel schlechthin.

3

und was als Letztes mir bleibt
fürs Theater. Und treibt.
Die Blätter verlassen die Blüten

nicht mehr zu verhindern.
Heraus, Heraus aus dem Haus.
Und mannshoch Hibiskus.

Die kleinste Hoffnung
(reine Statistik)

Jedenfalls

So spät zu sterben, dass der Tod
    zum Skandal taugt

Zu sehr hat man sich schon
An ihn gewöhnt all die Jahre
Als er erwartbar war.

Das ist der, der bald eingeht.
Und später: Ich sag dir
Der stirbt mir, mein Lieber

Am Ende doch nie.
Und dann

Ein letztes Mal Kopfschmerz
Ein letztes Mal Licht.
Ein letztes Mal diese Vorstellung
Es könnte das letzte Mal sein.

... (EINE NOTIZ AUF EINEM GELBEN KLEBEZETTEL)

: die Zeit
Dass auch sie nur Stoff ist und
   ihr Vergehen vergeht.

Apologie
Porträt Karl Müller

Eins

So sagt er hatten sie
   Bereitschaft gezeigt den Feind
   zu empfangen als Freund

Die Amis, sagt er, standen schon
Lange an der Autobahn
Die Leica war im Wald vergraben

   und sie war
   gründlich vergraben neben
Tafelsilber und Hochzeitsschmuck

   und anderen
Dingen die nicht brennbar waren
Und jetzt noch weniger brauchbar.

Zwei

Und im Kupferkessel sagt er wuchs
Die Zeit. Wir standen manchmal
Hand in Hand am Rand von Bomben
Trichtern hier im Zeisigwald und langten
Vorsichtig nach Brombeeren

In diesem Gestrüpp das die Trichterwände
Heraufkroch und noch Unheimlicher machte
Wer hielt hier wen fest und wovon ab
Und was da Trichter bildet ist schon lange
Explodiert ein grünes, grünes Grab

Drei

Überhaupt die Brennbarkeit
Er schüttelte den Kopf und zeigt
  zum Fenster

Jahre später noch hat er darauf geachtet
Dass ihn nur wenig trocknes Holz
  umgab

Und hat zwei drei Mal die Woche
Die Wassereimer unter seinen Tischen
Neu gefüllt.

VIER

Ich saß auf seinen Knien es roch
Nach Eintopf und die Rindfleischfasern
Zupft er sich zwischen den Zähnen hervor

Jede Faser wird lange betrachtet
Und dann im Aschenbecher abgelegt
Der nur aus Gewohnheit noch hier steht

Grünes dickes Glas zieht Staub an und
Ne Hand voll Vogelfedern wirbelt
Drum herum kaum dass wir schlucken

Nur um uns aufzuscheuchen!
Den Staub den Großvater und mich
Doch alle drei sitzen bald wieder

Fünf

Ein Zwiegespräch zu dem
Ich nur noch nicken konnte und so weit
War ich schon von der Welt entfernt
Ein Schnitzbesteck (das Wort) im Keller
Und die Hobelbank o Lord.

Und Schnee der immerzu so grau ist hier
Und so verharscht ist und ein Feldweg
Nachgestellt mit Ochsen in den Spuren
Steht zu lesen

Der Einwand gegen das Weggehn am Hang
Zu lesen der Einwand gegen das Bleiben
Und sich zu Reiben an dem was immer
Schon da ist.

Sechs

Engel im Zimmer mit Trompeten und Klarinetten
Engel
  am Klavier
    ein Swingorchester
Fast komplett
steht hier.

Und die Amis abgedreht nach Westen
Die Autobahn in diesem Frühjahr so vereist
In diesem Frühjahr ist so mancher früh
Vergreist. Dann fasst er sich ans Herz und beißt
Ins Taschentuch und war doch nicht
Sein erster Krieg.

SIEBEN

Und die Engel scheinen
    weißen Jazz zu mögen
Kügelköpfe mit
    kreisrunden Lippen
    Augentupfen Schlagermündern
Zum Staunen oder Rauch ausblasen

Acht

Rauch
Real
   so hießen seine Zigaretten
   die Marke in blau-weiß
   in Pappe dünn und auch oval
   und ohne Mundstück

   bis zum ersten Schlaganfall
   Siehst du die Gräber dort im Tal
   (der Volksmund sprach den Kommentar)
   es sind die Raucher von Real

Neun

Da spuckt er seine Tabakskrümel
In den Flur und spielt
Die Klarinette nur mit einer Hand

Zwei Finger sind ihm steif geblieben
(Und er wippte mit den Zehen
Mit den Zehen wippt er immerzu)

Ich saß auf seinem Schoß
  in beiden Händen Hebel
Daumenhebel, mit denen ich Großvater
  bediente

Zehn

Noch wird Geschossen
An der Autobahn und
In dieser Geschichte

Und wo sie am schnellsten
Voranschritt im Osten
Ein frostiges Wort.

Und die von dort kamen, sagt er,
Hatten auf jeden Fall schon verloren
Ein Fingerglied oder ein Bein,

Wenn nicht noch mehr.

ELF

Im Schreibtischschub
  der Harfenengel
  neben
Seiner Klarinette

Und einer Hand voll Ochsen
In der Plastiktüte
Ein Kreissegment
Aus Buchenholz liegt
Tier an Tier. Und das
Reichsarbeitsbuch und sein
Parteiabzeichen (SED).

Karrieretrümmer, Nichtigkeiten und
Im Norden liegt die Autobahn.

ORTE

Lieb Leib (ein Substitut)
(oder das Taubenschwänzchen –
brummt wie ein kleiner Elektromotor)

Der wird, sagten sie, den Winter hier
Nicht überstehen. Was wissen denn die
Als könne man die Veränderung sehn
Und politisch erklären, als wäre ein neuer Tag

Sogleich, liebe Bürger, ein neuer Staat.
Doch, lehrt uns ein Wiener, ist jener
Sonnenaufgang letztlich nur eine Bestätigung
Unseres Vorurteils über den Sonnenaufgang

Und dessen zyklische Wiederkehr. Wie
Dieser Falter, mit seinem anhaltenden
Vorkommen in unseren Breiten
Das Vorurteil widerlegt.

Wäre es also auch denkbar, sie ginge
Nicht auf eines Morgens, die Sonne.
Dann würden wir aber schauen, mein Lieber
Vielmehr, wir würden es nicht.

Die Rückkehr

»Wer möchte nicht im Leben bleiben/Die Sonne und den Mond besehn
Mit Winden sich umherzutreiben/Und an Wassern stillzustehn.«
Vera Küchenmeister in einem DDR Kinderlied

Und ein Fuchs mir nicht
Mehr als zehn Meter voraus
Schnürt er am Rinnstein

Und wenn ich in die Hände klatsche
  blickt er
    sich um
    und schaut

Als seis die normalste Sache
Der Welt in dieser Stadt hier
Schon wieder
  einem Menschen wie mir
    zu begegnen.

Neigungen

Und dass die Gebäude so niedrig waren
Als habe man nicht mit Wachstum gerechnet
Und dieser Gedanke momentlange Hoffnung
Es könnte alles ganz anders sein. Blitzlicht

Dieser Augenblick also
   wird auch festgehalten
      wie jede andere Flüchtigkeit eben
So schreitet
   man keine Hotelflure
      ab, meine Liebe.

Und diese Vorstellung
   betrachtet zu werden erzwingt
      mir ein Lächeln. Ich muss

Die niedrigen Häuser
   also verlassen.

Doch draußen sieht niemand
Den Grund meiner Haltung
Geduckt
   Und mit einer Schulter
Kontakt suchend
Gegen die Wand.

That means

Erkennbar für einen nur
Und wenn man den Kopf
Abtastet und unter dem Haar
   war so ein
      knubbeliges Narbengewebe

Gedenknoppen, denkst du
Schwielen von dauernden
Irritationen

     und Morgen

Werden sich nur noch die Freunde
Daran erinnern dass einer
Von ihnen die Türe verfehlte
Und dieses Land überlebte.

ABER BEKANNTSCHAFTEN habe ich
auf Bahnhöfen nie gemacht nur
ein älterer Herr mit Anzug und Bart
kaftanlanger Mantel (ein Frack?)

und seine gepflegten Nägel
rieben über die Knopfleiste

Und wirkte gar nicht wie einer
der seine Gewohnheiten schon
aufgegeben hatte also verloren
und bat mich erneut

um eine Zigarette und meine Finger
ihr Zittern war gründlich

verborgen hinter dem Streichholz.
Ein Gespräch also war
an dieser Stelle genau
Noch einmal vermieden.

(Nikolaistrasse)
AN DER KIRCHE WERDEN NOCH IMMER, SAGT ER

Polizisten zusammengezogen am Montag
eine Schallplattenhandlung dient mir
als Schlupfloch die Noten der Shelllack

und Liszt am Tresen lehnt der Verkäufer
die Hände die Mütze und alles Zitat
der Laden nichts als sein eigener Nachbau.

Was wird hier gedreht mein erster Gedanke
doch nirgends stand Licht oder ein Wagen
das Team mit Buletten und Schnaps zu bewirten.

So als sei alles ganz leicht und in Wahrheit
War immer schon Sommer ein Wetter
das nicht in die Jahre will kommt und ich

kaufte mir was ich was ich im Arm trug
gerettet im Zickzack zwischen den Helmen
und zwischen den Schirmen zum Bahnhof.

Die Wiederentdeckung des Namens
(Eine Einreise)

Und es gab keinen Grund diesem Mann nicht
Zu trauen so hat er gelächelt und hat gewartet
Bis ich den Stift nahm und meinen Namen
Begann unter meinen Namen zu setzen
In meiner Handschrift.

Also stand auch mein Name
unter meinem Namen
In einer kalligrafisch korrekten Version.

Auch ein Ort
für Klaus Walter

Lang steht die Sonne
Und Hinterm Flachdach
Über staubgrünen Flecken.
Wechselt die Wäsche

Die Schatten Sind kurz hier
und scharf in jeder Saison
riecht es nach Müll und nach Moos
Und so wollte ich liegen

Zu sehen amorphe Gebilde
Erinnern mich wieder
Und wieder an nichts
Das Trugbild des Weltalls.

Geschundene Schüssel
Fehlt mir der Anklang
kein Spiegel die Vögel
in Schwärmen dahin.

Ich nannte sie Vorbild
Und dieses Insekt
Stecknadelkopfgroß
Kriecht mir unters Hemd

Und überlebt dort
wie ich diesen Sommer
in kleinster Gestalt.

SCHNITTE

SCHNELLERE SCHNITTE

Doch eines Tages
Und das wird bald sein
Werden sie mir zum Geburtstag
Zierkohl schenken.

Und das Schiff.
Es wird kleiner und keiner
Wird mehr drin schlafen
In dieser Nacht.

Und der Penny.
Weiß Gott wann auch die
In der Eurozone
Überfall und Gründung.

Und wenn dann der
Hoppla
Und sie wissen immer noch nicht
Wer ich bin.

Quellen

… nennen wir es Zitat. Aufgeräumt
Der Schreibtisch. Bindestrich. Wörter
Mit Eigentumsvorbehalt. Ein Imitat. Regale
Goldsuchersätze. Das Sieb. Und abgesteckt.
Claims. Am Metaphernbach

Lehrreich die Mühlen und gleich. Die Kopien
Zwischen den Stapeln ein Platz.
Für Deckblätter jedweder Größe.
Wir nehmen es einen Moment lang
Wie es kommt, Etiketten

Diebstahl, Delikatessen und Dromedare.
Ein Satz. Antiquare. Sie haben den rechten
Zugriff auf Wissen. Das macht sie
Derart genau und so gerissen,
Dass sie die Kenntnis verbergen, nur
Um sie suchen zu müssen

Zwischen ungezählt vielen (sieben) Begriffen.
Als sei das eine Schlagfertigkeit und ein Wert
Den man benutzen muss. Und bilden sie Sätze
Die das vollziehen, was sie verheißen.

Rest oder
Das Bachneunauge
(ein Lied)
Eins nach der Natur

(Einziges Rundmaul in Deutschland
Das Bachneunauge büßt
Bei seiner letzten Metamorphose
Das Maul ein und ist geschlechtsreif.

Die Fähigkeit zur Fortpflanzung
Verbunden mit der
Unfähigkeit zur Nahrungsaufnahme.
So sichert das Tier den Fortbestand

Seiner Art. Und Verhungern ist ihm
Der natürliche Tod.)

Nach dem Labyrinth

Hast du den Affen weinen sehen
Wie üblich doch
   der war

Ein Silberrücken
saß
das Graue stets zu mir
gewandt

   Wir waren lang schon draußen und
   Was wir sahen, sahen wir
   Durch Stäbe.

Und durch Stäbe ging der Wind
Durch Stäbe gingen Hände
Und durch Stäbe rollte

Ein Wollknäuel war es
   Das mir aus den Händen fiel
     aus seinen Händen auch
Und ich
   verfolgte es ganz nach
     der Tradition

   und
   hatte schon
     die Hacken
   wund gelaufen
   mir

   und dass wir unsere Haut
   auch Leder nennen
   und dass wir zuweilen aus
   unserer Haut auch
   Leder machen

Wird mir bewusst
Als ich im Schuh
Die Flüssigkeit bemerke

Das Knäuel, die (Machenschaften der Regie). Die

Raue Wolle eingefärbt
Sie rollte ab vor mir

Und zeitgemäß denn
    Unser Glück ist unsichtbar
    Und hinter jeder Ecke

Lauert einer, der ein Tier
Sein könnte.

Übertritt oder
Die Linie aus Kalk

Vor der Grenze
Die man übertreten sollte wollte man
Auch hier im Tal die Hecken Linden
Wilden Kirschen blühen sehn

Und gleich nach jenem Sprung
Nur wir nur wir und hier und wenn
Du schon mal hier bist sag

Und wenn du alles besser weißt.
Und wenn dus nicht weißt, frag.

Ich
  kann
    kann nicht
Ich kann nicht
  alles

Die Frage
Eine Frage der Haltung!
Eine Frage der Regel.
Eine Frage des zeitlichen Ablaufs.

Wir spielen, hörte ich, heut ohne C
Das heißt Erholung gibt es
Nicht und wenn der Wicht zusammenbricht.
Er scheidet automatisch aus.

Und
    schau
Dir meine Zähne an und auch
Die Hände
  brauch ich noch
Im Zweifel um mich
    abzustützen.

Hier oben überm Tal
Ist freigelegt der Hügel
  Saum und Wurzeln
    ragen in die Luft der Baum
Sucht Halt.

Verhältnisse

Und so muss der Süden eben
Zu mir kommen
Trotz der Bedingungen,
Von denen bekanntlich
Einiges abhängt zum Beispiel,
Dass der Süden zu mir kommen muss.

ÜBERGANG

Unten unsere Tanten
Üben Untergänge,
Unter Ulmen und Urväter
Urteilen über uns.

(: Die Entstehung des Wortes Ur
Und seiner Steigerung über urig bis urst
Nachschlagen bei Greßmann, dann Volksmund und Faust
Immerzu: Nachschlagen bei Greßmann)

Die Gedanken über das Wetter
Die Gedanken über das Gehen
Die Gedanken über das Denken
Die Gedanken über das Stehen

Kamen nicht wie gerufen, sie kamen
Von selbst und auf eine Weise, die mich
An die Klassenfeinde ließ denken. Und Ideologen
Von gegenüber, die mir einreden wollten

Dass seine Krankheit allein schon
Eine Tatsache gewesen sei.
Vielleicht, Mutter, hätten wir
Ihn einmal besuchen sollen.

AD U. GRESSMANN

Wenn Faust durch die Stadt streift, dann zieht durch die Stadt
Ein Strom, den er Atem zu nennen gewohnt ist.

Wenn Faust durch die Stadt streift, dann feiert die Stadt
Die Zeit und in Pfützen sich selbst.

Anbruch

Die frühen Achtziger

Wir erinnern uns. Da ging
Es Schlag auf Schlag ins Grab hinab
Und jedes Mal eine Parade

Wir konnten Vorbilder nennen
Wir konnten uns Vorbilder nennen
Wir konnten uns selbst Vorbilder nennen

Denn wir rangen um Wissen
Wir rangen um Stärke Denn wir rangen
um nicht verlieren zu müssen mit uns

Und am letzten Tag unseres Glaubens
Der Hausmeister räumte die Leiter
Gar nicht mehr weg vom Portal.

Transparente mit Trauerflor
Begeleitet von den höheren Klassen
Traumschritt durch das Schultor voll Trauer

Hinunter zum Konsulat
Die Bernsdorfer Straße hinab neben der zwei 2
Und der fünf 5 in die Annaberger hinein.

Gleisdreieck und gebrannte
Mandeln von gegenüber wo sich
Eine Schlange gebildet hatte die uns

Lange bekannt, war warten
Auf Mandeln. War warten
Auf Trost. Warten auf uns.

Das Kondolenzbuch:
On fsjegda moi obrasjez
Breschnew gestorben, weinende Lehrer

Dann ging es immer so weiter
Die frühen Achtziger durch
Antropow, Tschernjenko, die Schlange

Und immer wieder die Schlange
Gegenüber des Kinos, das
Metropol hieß, jedes Mal kürzer

Dann Gorbatschow und
Wir brauchten einige Zeit
Um das Muttermal an seiner Stirn

Als solches auch zu Erkennen. Wo
Bleibt da noch Raum für subjektive
Geschichtsschreibung, mein Lieber.

Veteranen vor

Vogelveteranen vor Volieren vereinsamt. Vergib
(vergilb, vergilb, vergilb)
Was will der Pirol hier noch nie
Habe ich einen solchen gesehen

Die Sehnsucht mein Gott
Solche Sehnsucht nach einem Pirol
(vergilb, vergilb, vergilb)
Wer so zwitschert

Muss einfach Wahrheit sein

Nachsatz im Zoologischen Garten

Klänge in Streifen
 Geländer
  vergib Vater vergib
Vagabundierende Verse

ANBRUCH

Viel früher die Sprache gefunden vielleicht
Gegen Morgen und zwischen den Sachen
Von Gestern. Mittags in Büsche geschobene
Worte wie mehrfach benutzte Papiertaschentücher.

An Orte die Igel beschützen ein Vorkommen hier
Sonders Gleichen die Hügel ein Wortvorkommen
Wie Brüste ausformuliert. Geschautes gewaltig
Und schamlos einfach hinbuchstabiert.

Ende einer Ära

An Bierflaschen und in Büschen klebt Wissen
Das wir nicht vermissen wollen wenn wir
Im Winter umherziehen durch diese Täler
Durch unsere Urstromtäler zu Orten an denen

Überall Schnee liegt und wärmere Flüssigkeiten
Worte erzeugen im Harsch deren flüchtige Lettern
Uns letztlich den Zustand des Bodens beschreiben
Und Schwarzerde, ja, gute Schwarzerde zeigen

Wie um den Hals Partisanen und Kosmonauten
Sie tragen, Erde in kleinen Flaschen, die Erde
Die sie umkreisen, auf der sie umkreisen den Feind,
Und ihn in die Knie zwingen werden und selber nur

Mit Müh überleben. Sie kreisen um flüssige Worte
Um Stellen im Schnee zwischen Buchen und Erlen
Wo sie manchmal ein Bier aufploppen lassen und
Die Flasche in Büschen verlieren. Wo wir

Sie finden müssen.

Aufbau

… dass die Reihenhäuser auf Dauer an Wagenburgen
Erinnern. Umkreisen wir Hausrat Bekleidung
Müllbeutel blau (Blaumeisen). Und Bauschutt.

Unter solchen Dächern
Viel zu niedrig für Dohlen
Liegt keiner auf Lauer.
Heute. Zumindest nicht wegen uns.

Und dass sie sich Aus-
Und Umbauten
Vorbehalten.

    Im Hintergrund
Die Plattenbauten vor der Sonne. Am Abend
Oder Morgen.

Alles eine Frage der Perspektive
Die Fenster. Die letzte Umarmung.
Es war

Als eines der ersten Häuser vollendet,
Mitte der sechziger Jahre
Und schon war es

Bewohnt. Das Land. Plötzlich
Und noch immer
Im Licht. Neon. Ein Leuchtstoff.

Verstrahlt Violett
Eine Aquarienbeleuchtung.
Und das Flackern schwarz-weiß

Bildschirme, die Schatten waren
Stahlblaue Augen. Reflexionen
Als Reaktionen auf was. Das Glas

In der Hausbar
Ein Blickfang. Am Samstag
Dick aufgetragen.

Und die Goldruten wachsen
Meterhoch auch in den Sommern
Mit wenig Regen und noch weniger

Licht
Der Sonne entgegen
    Geht das Gelände.

Das Land, das weite, wie es mich begleitet

Als sei es vergangen und Heimat
Von uns befreit und befreit auch
Geschichte. Mit diesem Gesicht
Gegen den Wind. Und die Gerichte.

Da es sich aufspannt vergeblich
Durchbrochen das Land von Struktur
Und auf Brachflächen heimisch
Ein einziges Kraut nur und hart

wie Bahnanlagen. Überwachsen

Ein Land so alt wie wir selbst und
Nicht in die Jahre gekommen so alt
Wie wir selbst und vergangen doch
In Plattenbauweise verewigt in Halden.

Und wird auch nicht älter werden als
Wir und halten wenn die Pappelsamen verweht
Sind: In unserm Vergehen wird bleiben
Das Land wie es war. Aufgespannt.

...
(RÄTSEL)

Ein Wort
Aus meiner Jugend
Schon damals
Gestrichen
Aus meinem Wortschatz. Jedoch:

Das Vokabular
Erhielt sich auch ohne
Mein Zutun wie Blattwerk und dieses Wort

Drängte sich mir, dem Betrachter,
Der ich hoffte zu sein,
Beständig sich auf als Begriff.

ﾉOITAИƆATƧ

ERWACHEN KONKRET

Und jeder Traum, den ich träumte
Vergessen. Mühsame Arbeit am Morgen

Erinnerung: Du musst,
Bevor du zur Toilette schleichst
Dieser Bilder habhaft werden

Am besten legst du einen Stift
Es kann ein Bleistift sein
Auf deinen Nachttisch und Papier und

Versuche selbst noch liegen zu bleiben
Solange wie möglich. Nämlich der Traum
Von der Erinnerung an einen Traum

Ist auch nur ein Traum. An diesem
Fassbar fast. Ein Klang
Schon Wort

Das muss es sein: Doch
Schließlich brach immer
Und immer ein in den Traum

Eine Gestalt.

DIE ZEIT ERZEUGT ZIRKEL ODER
DAHIN JA DAHIN,
NACH WIEN, AN DIE WOLGA
ODER ANDERSWO HIN.

Das Ganze sagt er schnell:
Als wär es an der letzten
Zigarette Und die Gelegenheit
Zu rauchen günstig

Als sähen wir uns jetzt verschwinden
In einem Bus der um die Ecke biegt
Und wir wir winken winken winken
Bis Muskelkraft und Licht versiegt

Wenn wir uns nicht mehr winken weil
Wir uns nicht mehr winken können weil
Wir uns nicht mehr winken sehen
Hauchen wir ans Fensterglas Konturen

Über die wir mit dem Zeigefinger gehen
In deren Spuren Staubpartikel blinken
Und du neigst bedächtig deinen Kopf

Auch diese Abraumreste hier verwehen
Bleiben Reste die bestehen und sinken
Denn sagst du gesehen ist geschehen

Nachwort

Doch von den Armen möchte man sagen, dass sie für sich sprechen. Bitten wir nicht mit ihnen. Versprechen, rufen, verzeihen, mahnen, flehen, verachten, fürchten, fragen und verneinen wir nicht mit den Armen.

Gaspar Melchior Jovellanos

Dank

Der Autor dankt der Kulturstiftung des Freistaates Sachsen, die die Arbeit an diesem Buch mit einem Stipendium unterstützt hat.

Inhalt

Vorwort · 7

Das Ende der Mythen
Anfang · 13
Brache oder Reine Betrachtung · 14
Brache oder Reine Berechnung · 15
Brache Private Betrachtung · 16
Das Ende der Mythen · 17
Das Ende der Mythen (Zwei) · 18
Ein Kommentar · 19
Spurenautomat · 20
Das Licht · 22
Dichtung und Diversion · 23

Was wir den Süden nannten
Rügen (Inselexistenz) · 27
Chemnitzer Perspektiven · 28
… doch auch gelenkt · 29
Gemarkung · 30
Dichter in Erzgebirgstälern · 31
Entelechie · 32
Dingenskirchen · 33
Uexküll · 34
Gegenläufig · 35
Erwartung · 37

Und da sind diese Parallelen oder Die Sphären der Arbeit
Eins · 41
Zwei · 42
Drei · 43
Vier · 44
Fünf · 45
Sechs · 46

Die Landschaft

Nach der Kunst · 49
Die Landschaft und dieser Tag · 50
wie kein zweiter · 51
Ein Neues · 52
Zu schildern · 57
Implosion und Implantation · 58
Die kleinste Hoffnung (reine Statistik) · 61
… (eine Notiz auf einem gelben Klebezettel) · 62

Apologie (Porträt Karl Müller)

Eins · 65
Zwei · 66
Drei · 67
Vier · 68
Fünf · 69
Sechs · 70
Sieben · 71
Acht · 72
Neun · 73
Zehn · 74
Elf · 75

Orte

Lieb Leib (ein Substitut · 79
Die Rückkehr · 80
Neigungen · 81
That means · 82
Aber Bekanntschaften habe ich · 83
An der Kirche werden noch immer, sagt er · 84
Die Wiederentdeckung des Namens (Eine Einreise) · 85
Auch ein Ort · 86

Schnitte

Schnellere Schnitte · 89
Quellen · 90
Rest oder Das Bachneunauge (ein Lied) · 91
Nach dem Labyrinth · 92

Übertritt oder Die Linie aus Kalk · 94
Verhältnisse · 96
Übergang · 97
ad U. Greßmann · 98

ANBRUCH
Die frühen Achtziger · 101
Veteranen vor · 103
Nachsatz im Zoologischen Garten · 104
Anbruch · 105
Ende einer Ära · 106
Aufbau · 107
Das Land, das weite, wie es mich begleitet · 109
…(Rätsel) · 110
Erwachen konkret · 111
Die Zeit erzeugt Zirkel · 112

Nachwort · 115
Dank · 115